딸에게 아빠가 필요한 100가지 이유

Why a Daughter Needs a Dad

by Gregory E. Lang and Janet Lankford-Moran

딸에게 아빠가 필요한 100가지 이유

그레고리 E. 랭 글 | 재닛 랭포드 모란 사진 | 이혜경 옮김

나무생각

내가 옳은 일을 할 수 있는 영감이 되어주고
그릇된 행동을 하지 않으려고 노력하게 만들어준 딸 미건에게
— 아빠가

창의력을 길러준 아빠와
꼭 필요한 시기에 길잡이가 되어주었던 헬렌에게
— 재닛

딸에게는 아빠가 금방 괜찮아질 거라고 말하면
그대로 될 거라는 믿음을 주는 그런 아빠가 필요하다.

A daughter needs a dad to learn that when he says
it will be okay soon, it will.

딸에게는 자신을 희생함으로써
딸의 희생을 막아주는 그런 아빠가 필요하다.

A daughter needs a dad who will make sacrifices
so she will not have to sacrifice.

딸에게는 외모보다는 한 인간으로서의
가치가 더 중요하다고 가르치는 그런 아빠가 필요하다.

A daughter needs a dad to teach her that her value as a person
is more than the way she looks.

딸에게는

필요한 순간에 늘 자신을 향해 웃어주고

언제든 자신을 안아주고 입맞춰줄 시간이 있는 아빠,

춤을 추다가 발을 밟아도 개의치 않고

언제든 돌아갈 집이 있다는 사실을 확인시켜주는

그런 아빠가 필요하다.

A daughter needs a dad . . .

who will laugh at her at all the right times.

who will always have time to give her hugs and kisses.

who does not mind when she steps on his shoes while dancing.

who will always make sure she has a place to come home to.

딸에게는 딸이 아빠가 필요 없는 나이가
되었다는 생각은 꿈에도 하지 않는 그런 아빠가 필요하다.

A daughter needs a dad who will never think
she is too old to need him.

딸에게는 가족을

온전하게 지켜주는 그런 아빠가 필요하다.

A daughter needs a dad to make the family whole and complete.

딸에게는

실수를 해도 벌주지 않고 오히려 실수를 통해 배울 수 있게 도와주며

어디서든 정당한 대우를 받을 자격이 있다고 가르치는 아빠,

남들이 나와 다른 점을 받아들이라고 가르치며

행동의 결과에 대해 깊이 생각하고 그에 따른 결정을 내릴 수 있도록 가르치는

그런 아빠가 필요하다.

A daughter needs a dad…

who will not punish her for her mistakes, but help her learn from them.

to teach her to believe that she deserves to be treated well.

to teach her to accept the differences in others.

to teach her to weigh the consequences of her actions and make decisions accordingly.

딸에게는 누군가의 사랑을 독차지하는 것이
어떤 것인지 알게 해줄 그런 아빠가 필요하다.

A daughter needs a dad so she will know
what it is like to be somebody's favorite.

딸에게는 진심으로 자신이

누구보다 아름답다고 말해주는 그런 아빠가 필요하다.

A daughter needs a dad to tell her truthfully
that she is the most beautiful of all.

딸에게는

밤에 보이는 무서운 것들로부터 딸을 보호해주고

어려운 문제로 잠 못 이룰 때 해답을 주는 아빠,

복잡한 것을 단순하게, 고통스러운 것을 견딜 만한 것으로 만들어주며

천둥과 번개로부터 딸을 보호해주는

그런 아빠가 필요하다.

A daughter needs a dad...

to protect her from scary nighttime creatures.

to answer the questions that keep her awake at night.

to make the complex simple and the painful bearable.

to protect her from thunder and lightning.

딸에게는 가족이 일보다
더 중요하다고 가르치는 그런 아빠가 필요하다.

A daughter needs a dad to teach her that family
is more important than work.

딸에게는 언제든 기댈 수 있는

안전지대가 되어주는 그런 아빠가 필요하다.

A daughter needs a dad to be the safe spot she can always turn to.

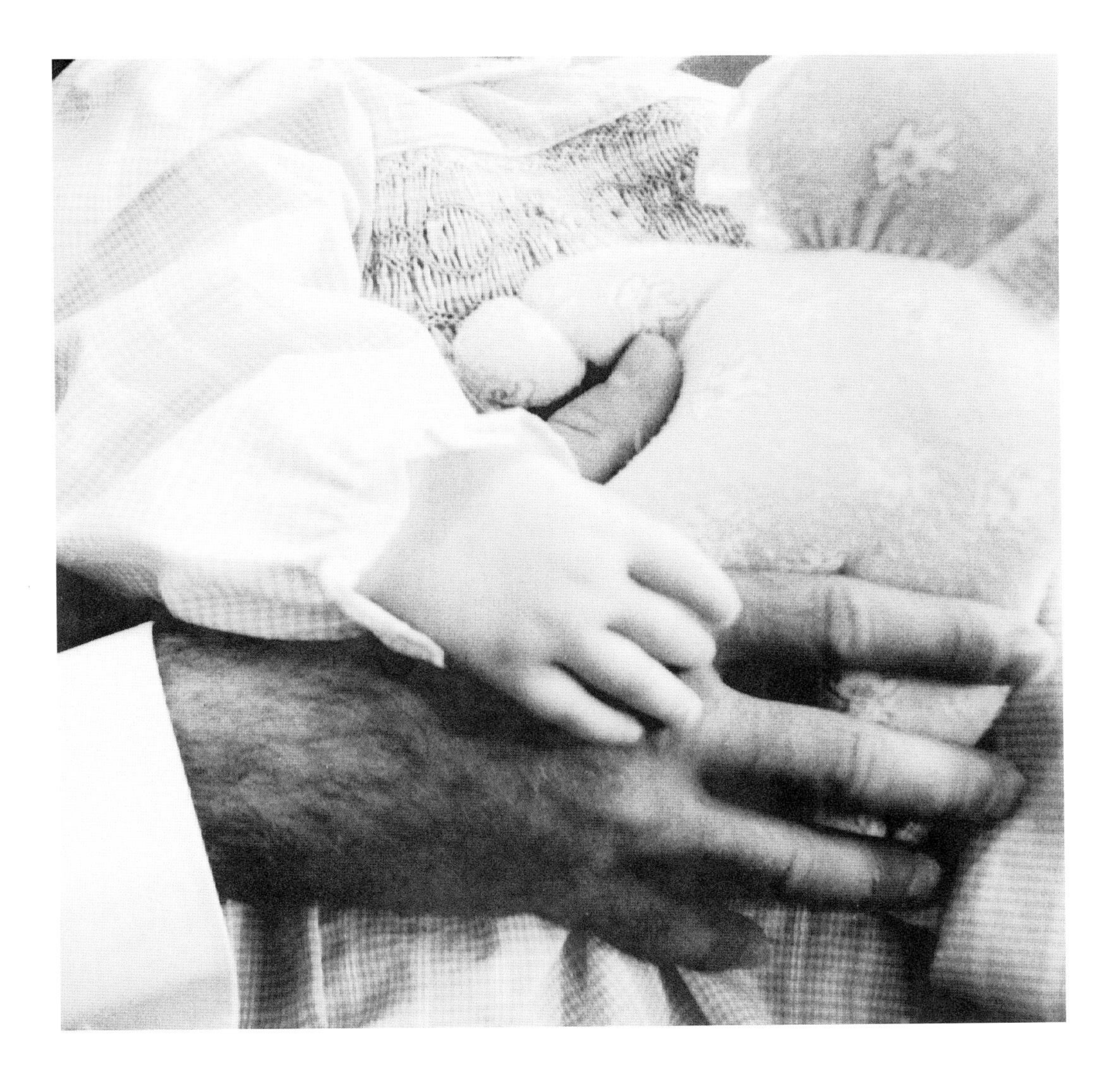

딸에게는 헌신적인 사랑을 받는 느낌이
어떤 건지 알게 해주는 그런 아빠가 필요하다.

A daughter needs a dad to show her how it feels
to be loved unselfishly.

딸에게는 모든 남자들을

판단할 때 기준이 되는 그런 아빠가 필요하다.

A daughter needs a dad to be the standard against which
she will judge all men.

딸에게는 함께 있지 않아도

자신의 삶에 영향을 미치는 그런 아빠가 필요하다.

A daughter needs a dad who will influence her life
even when he isn't with her.

딸에게는 남편과 아내는

동등한 존재라고 가르치는 그런 아빠가 필요하다.

A daughter needs a dad to teach her that
she is equal to her husband.

딸에게는

자신이 쓸모 없다고 느낄 때 언제나 그렇지 않다고 말해주고

혼자 걷는 것이 너무 두려울 때 동행해주는 아빠,

성실함의 의미와 험한 길을 피해가는 법을 가르쳐주고

스스로 결정을 내릴 수 있을 때까지 어려운 결정들을 대신 내려주는

그런 아빠가 필요하다.

A daughter needs a dad...

to tell her that all is not hopeless, even when she feels it is.

to join her journey when she is too afraid to walk alone.

to teach her the meaning of integrity, and how to avoid the crooked path.

to make the tough decisions for her until she is able to make them for herself.

딸에게는 어떤 경우에도 실망을 안겨주지 않을
이상형이 적어도 한 명은 있다고 믿게 해줄 그런 아빠가 필요하다.

A daughter needs a dad so that she will have at least one hero
who will not let her down.

딸에게는 밤에 안아다

눕혀주는 그런 아빠가 필요하다.

A daughter needs a dad to tuck her in at night.

딸에게는 자기를 보호할 수 있을 만큼
지혜롭지 못할 때 자신을 지켜주는 그런 아빠가 필요하다.

A daughter needs a dad to protect her when she is not wise
enough to protect herself.

딸에게는 위험을 감수하고라도

자신감을 얻을 수 있게 도와주는 그런 아빠가 필요하다.

A daughter needs a dad to help her take the risks
that will build her confidence.

딸에게는

용서는 자연스러운 것이라고 가르치며

한 번 이상 용서해도 좋다고 가르치는 아빠,

의지가 굳은 것과 고집스러운 것의 차이점을 가르쳐주고

자신이 딸의 존경심을 얻어냈던 것처럼

존경심은 노력을 통해서만 얻어지는 것이라는 사실을 가르쳐주는

그런 아빠가 필요하다.

A daughter needs a dad…

to teach her that forgiving is a natural thing to do.

to teach her that she can forgive more than once.

to teach her the difference between being firm and being stubborn.

to teach her that respect is to be earned, as he has earned hers.

딸에게는 역경을 견뎌낼 수 있는
힘을 길러주는 그런 아빠가 필요하다.

A daughter needs a dad to prepare her
to persevere through hardship.

딸에게는 자신이 다른 사람에게는 우주의 중심이 아닐 수는 있어도
아빠에게는 우주의 중심이라는 사실을 알려주는 그런 아빠가 필요하다.

A daughter needs a dad who will let her know that while she may not
be the center of someone else's world, she is the center of his.

딸에게는 딸의 아이들에게

가족의 역사가 되어줄 그런 아빠가 필요하다.

A daughter needs a dad to be the history of her family
for her own children.

딸에게는
남편에게 기대해야 할 것이 무엇인지 가르쳐주고
다른 사람에 대해 책임감을 가지라고 가르치는 아빠,
난관 속에서도 존엄성을 지키라고 가르치며
부모로서 아이를 가르치는 데 희망이 있다는 믿음을 주는
그런 아빠가 필요하다.

A daughter needs a dad...

to learn what she should expect from her husband.

to teach her how to be responsible for others.

to teach her to preserve her dignity during difficult times.

to help her believe in herself as a parent, and that in discipline there is hope.

딸에게는 항상 그 자리에 있다는 사실이
무엇을 의미하는지를 가르쳐주는 그런 아빠가 필요하다.

A daughter needs a dad to teach her what it means
to always be there.

딸에게는 남자의 힘은 그의 손이나 목소리의 위력이 아니라
다정한 마음에 있다는 사실을 가르쳐주는 그런 아빠가 필요하다.

A daughter needs a dad to teach her that a man's strength is not
the force of his hand or his voice, but the kindness of his heart.

딸에게는

모든 거래에서 정직하라고 가르치고

인내심과 친절을 가르치는 아빠,

의지를 굽히지 않아야 할 때와 타협해야 할 때를 가르쳐주며

실패할 때마다 다시 도전할 수 있게 도와주는

그런 아빠가 필요하다.

A daughter needs a dad...

to teach her to be honest in all her dealings.

to teach her patience and kindness.

to teach her when to be firm and when to compromise.

to help her try again whenever she fails.

딸에게는 자신이 기억하지 못하는 것도
생각나게 해주는 그런 아빠가 필요하다.

A daughter needs a dad to remind her of
what she may not remember.

딸에게는 자식이 성장할 수 있도록

부드럽게 떠밀어주는 그런 아빠가 필요하다.

A daughter needs a dad to give her the gentle pushes
that help her grow.

딸에게는 자기편이 아무도 없을 때

눈을 감으면 그 모습이 떠오르는 그런 아빠가 필요하다.

A daughter needs a dad so that when no one else is there for her,
she can close her eyes and see him.

딸에게는

자신의 문제를 해결하기 시작할 때 필요한 길잡이가 되어주고

잘못된 길로 가면 뒤에서 잡아당겨주는 아빠,

그 누구도 알아주지 않을 때 자신을 높이 평가해주고

눈물을 흘리면 꼭 안아주는

그런 아빠가 필요하다.

A daughter needs a dad . . .

to give her the guidance she needs as she begins to resolve her own troubles.

to pull her back when she is headed in the wrong direction.

to think highly of her when no one else will.

to hold her as she cries.

딸에게는 업어달라면 아무 이유 없이
그냥 업어주는 그런 아빠가 필요하다.

A daughter needs a dad to carry her just
because she wants to be carried.

딸에게는 도덕적인 기준을

세워주는 그런 아빠가 필요하다.

A daughter needs a dad to set a moral standard for her.

딸에게는 미처 습득하지 못한

지혜를 나눠주는 그런 아빠가 필요하다.

A daughter needs a dad to share with her the wisdom
she has not yet acquired.

딸에게는 자신의 모습을 지켜보기 위해 하던 일도 멈추는,
그래서 자신이 얼마나 중요한 존재인지 가르쳐주는 그런 아빠가 필요하다.

A daughter needs a dad who teaches her she is important
by stopping what he is doing to watch her.

딸에게는 꼭 안기면 무서울 것이 없는

편안한 느낌으로 기억되는 그런 아빠가 필요하다.

A daughter needs a dad to remind her of the comfort
of being held near and feeling secure.

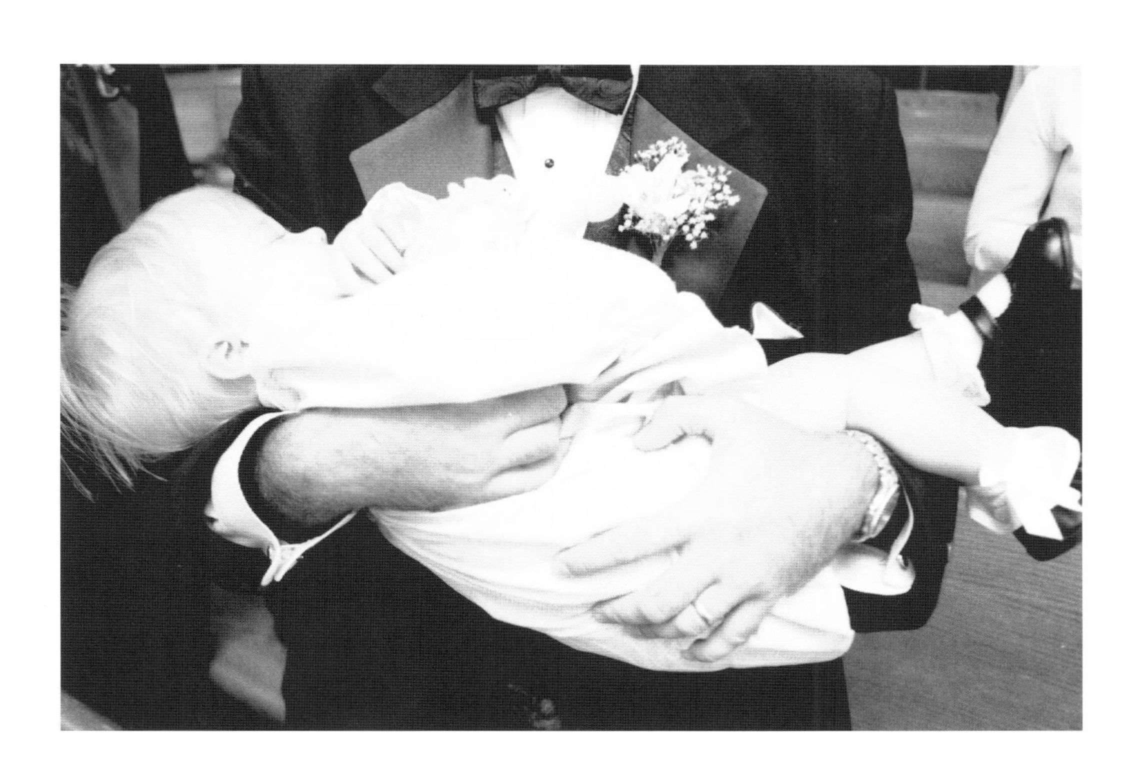

딸에게는 지혜와 이해라는 토대 위에

사랑이 가득한 가정을 만들어주는 그런 아빠가 필요하다.

A daughter needs a dad to build a loving house on a foundation
of wisdom and understanding.

딸에게는

진실을 알아보는 눈과 그것의 가치를 알아보는 법을 가르쳐주고

성실함을 알아보는 눈과 장려하는 법을 가르쳐주는 아빠,

공정함이 무엇인지 가르쳐주고

자신을 옹호하는 법을 가르쳐주는

그런 아빠가 필요하다.

A daughter needs a dad . . .

to teach her to recognize truth and reward it.

to teach her to recognize sincerity and encourage it.

to teach her about fairness.

to teach her to stand up for herself.

딸에게는 요조숙녀다운 행동의

중요성에 대해 가르쳐주는 그런 아빠가 필요하다.

A daughter needs a dad to teach her
the importance of being a lady.

딸에게는 신뢰를 바탕으로 세워진 집에

언제든 와서 쉴 수 있게 해주는 그런 아빠가 필요하다.

A daughter needs a dad who gives her refuge
in a home secured with faith.

r e f u g e
Capt. James Hurst Meigs, Helen Foreman Meigs
"Pee Wee" Meigs and Jimmy Meigs
WW II

딸에게는 남을 위해 봉사하는
기쁨을 가르쳐주는 그런 아빠가 필요하다.

A daughter needs a dad to teach her the joy of serving others.

딸에게는

삶의 무게를 이기지 못하고 힘들어할 때 다독여주고

강하고 의지력 있는 성격을 길러주는 아빠,

세상일이 어떻게 돌아가는지 가르쳐주며

딸이 좋아하는 것들을 만들어주는

그런 아빠가 필요하다.

A daughter needs a dad…

to calm her when she is stressed by her challenges.

to give her a strong, willful character.

to teach her how things work.

to fix her favorite things.

딸에게는 제 손으로 뭔가를

고칠 수 있는 법을 가르쳐주는 그런 아빠가 필요하다.

A daughter needs a dad to show her
how to fix things for herself.

딸에게는 진정한 사랑은 무조건적이라는
사실을 몸소 보여주는 그런 아빠가 필요하다.

A daughter needs a dad to show her
that true love is unconditional.

딸에게는 가족을 사랑하는 일이
무엇보다 중요하다고 가르치는 그런 아빠가 필요하다.

A daughter needs a dad to teach her that loving
her family is a priority.

딸에게는

무지함은 어떤 경우에도 변명이 될 수 없으며

자존심이 새로운 것들을 발견하는 데 장애물이 되어서는 안 된다고 가르치는 아빠,

자신의 생각이 적합한지 시험할 수 있는 실험을 하라고 가르치며

혼란한 가운데서도 정신을 집중하는 법을 가르쳐주는

그런 아빠가 필요하다.

to teach her that ignorance is not an excuse for anything.

to teach her not to let pride get in the way of discovering new things.

to teach her to experiment for the sake of testing her own assumptions.

to teach her how to focus her mind in the midst of distraction.

딸에게는 기쁨이 넘치는 마음에는 평화가 가득하며
거짓이 머무를 자리가 없다고 가르치는 그런 아빠가 필요하다.

A daughter needs a dad to teach her that a joyful heart is filled
with peace rather than deceit.

G
R
A
C
E

딸에게는

남자에 관해 알아야 할 모든 것을 말해주고

모든 남자들이 자신에게 상처를 준 남자와 같지는 않다고 가르치는 아빠,

신사를 알아보는 법을 가르쳐주고

아버지와 같은 남자와 결혼하는 딸의 결혼식 날 그 옆에 서있어주는

그런 아빠가 필요하다.

A daughter needs a dad . . .

to tell her all she needs to know about boys.

to show her that all boys are not like the one who hurt her.

to teach her how to recognize a gentleman.

to stand with her on the day she marries the man she hopes will be just like her father.

딸에게는 조심해야 할 때를

가르쳐주는 그런 아빠가 필요하다.

A daughter needs a dad to teach her when to be cautious.

딸에게는 여자와 남자는 좋은 친구가
될 수 있다고 가르쳐주는 그런 아빠가 필요하다.

A daughter needs a dad to teach her
that men and women can be good friends.

Saturday

딸에게는 경험을 통해
배우라고 가르치는 그런 아빠가 필요하다.

A daughter needs a dad to teach her
to learn from her experiences.

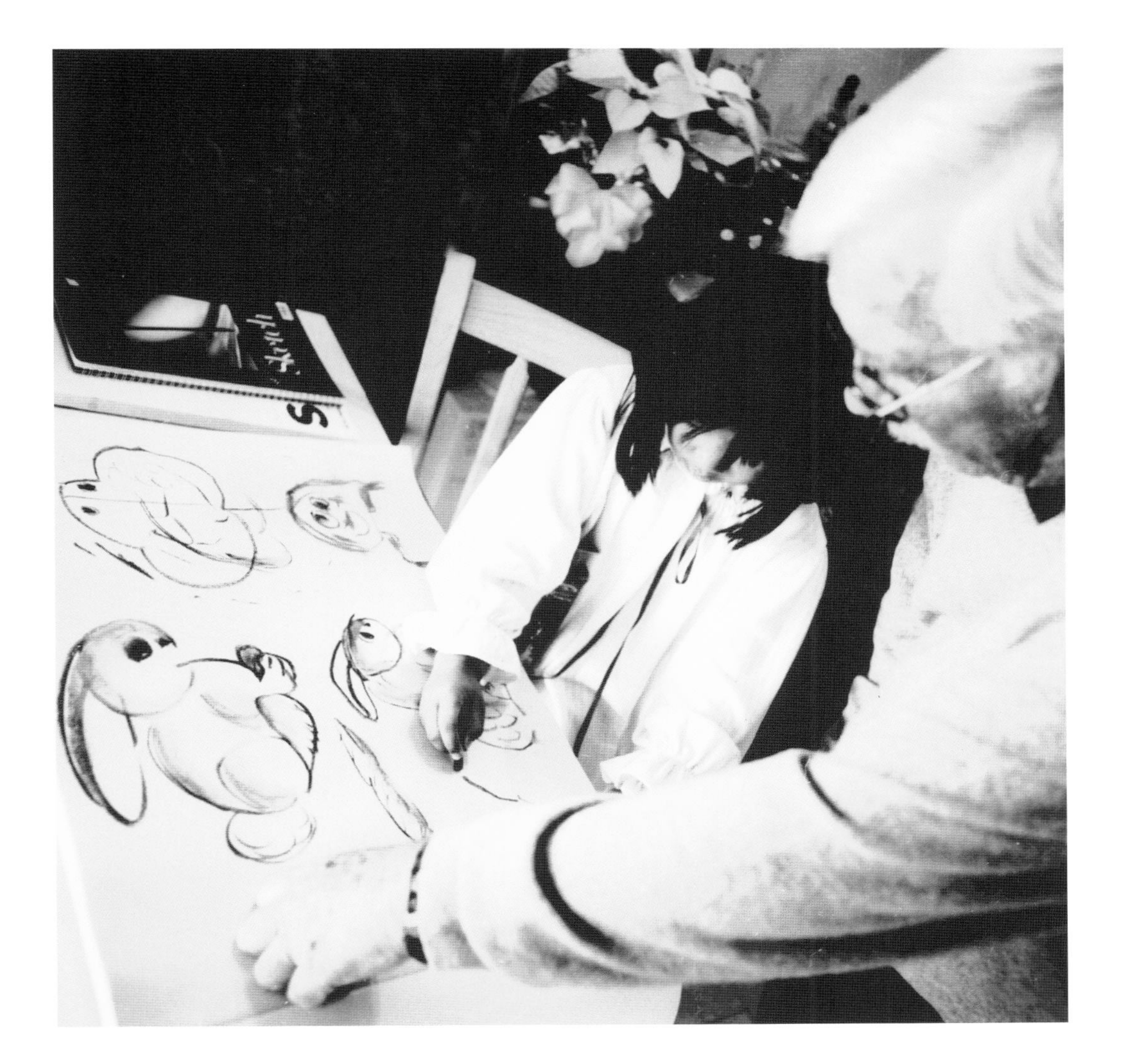

딸에게는

자기 자식의 아버지가 될 남자를 고를 때

어떤 타입을 골라야 하는지 가르쳐주고

가능한 한 최고의 엄마가 될 수 있도록 도와주는 아빠,

가족의 가치를 중요하게 여기는 자녀를 키울 수 있게 도와주며

가족 안에서의 역할이 자신의 일보다 훨씬 중요하다는 사실을 가르쳐주는

그런 아빠가 필요하다.

A daughter needs a dad…

to teach her what kind of man to choose to be the father of her children.

to help her become the best mother she can be.

to help her raise her children with strong family values.

to teach her that her role in a family is greater than the work she does.

딸에게는 인생에서 자신이 나아갈 길을
찾을 수 있게 도와주는 그런 아빠가 필요하다.

A daughter needs a dad to help her find her way in life.

딸에게는

열심히 일하는 데서 오는 혜택을 알게 해주고

딸이 엄마와도 시간을 보낼 수 있도록 집안일을 도와주며

씀씀이에 책임을 지고 만약의 경우에 대비하라고 가르치는 아빠,

관대한 심성으로 베풀 수 있도록 가르치며

너무 지쳐 혼자 일을 끝내지 못할 때 일을 끝낼 수 있게 도와주는

그런 아빠가 필요하다.

A daughter needs a dad...

to show her the benefits of hard work.

to help around the house so that her mother will have time to spend with her, too.

to teach her to spend responsibly, save for a rainy day,
and give with a generous heart.

to help her finish her work when she is too weary to finish it herself.

딸에게는 남자들을 신뢰해도 좋다는

사실을 알게 해주는 그런 아빠가 필요하다.

A daughter needs a dad so she learns
that men can be trustworthy.

딸에게는 아빠가 필요하다.

아빠가 없으면 살아가면서 당연히 누려야 할 것들이 줄어드니까.

A daughter needs a dad because without him she will have less
in her life than she deserves.

Daddy
My little Angel,
I love you more than
peanut butter,
sunshine,
and ice cream

에필로그

나는 사랑이 가득한 가정에서 태어났다. 우리 가족은 무한한 사랑으로 아이들을 감싸며 길러준 그런 가정이었다. 1년 중에서 내가 가장 기다렸던 행사는 30년 전통을 자랑하는 추수감사절 가족모임이었다. 반가움에 넘쳐 인사를 나누는 소리, 서로 다정하게 나누는 포옹, 힘찬 악수와 푸근한 입맞춤, 익숙한 냄새들, 그리고 다시 듣는 지나간 추수감사절에 얽힌 이야기들. 현관에 발을 들여놓는 순간 모두들 나를 향해 달려나오는 모습을 볼 수 있는 그날을 나는 손꼽아 기다린다. 내가 받았던 그 사랑이 내가 주는 사랑의 원형이 되었고 나는 그 사랑이 나와 내 딸의 관계 안에서 가장 확실하게 드러나주길 바란다.

나는 어려서부터 아빠가 되고 싶었다. 그것도 딸을 가진 아빠가. 여자아기를 안으면 내 마음은 늘 봄 눈 녹듯 녹아내렸고 아빠의 무릎에 가서 안기려고 기어가는 아기들을 볼 때마다 나도 모르게 부러움이 일었다. 아버지에 대해 애정이 가득 담긴 이야기를 들려주는 여자들을 보면 감동을 받았고 아버지를 잃고 슬퍼하는 여자들을 볼 때면 가슴이 뭉클했다. 딸과 아빠 사이에 오가는 특별한 사랑이야말로 너무나 경험하고 싶은 것이었다.

아내가 아기를 가졌다고 했을 때 나는 날아갈 듯 기뻤다. 마음 속 깊은 곳에서 우리 아기는 여자아이라고 하는 소리가 들렸다. 아내의 임신기간 내내 나는 뱃속의 아기를 '딸' 이라고 불렀다. 처음 초음파 사진을 보았을 때, 의사는 딸 아들을 구별하기에는 너무 이르다고 했지만 나는 분명히 딸이라고 우겼다. 딸이 세상에 나올 때 나는 분만실에 함께 있었다. 딸아이가 세상에 나와 가장 먼저 만난 사람이 바로 나였다. 나는 한눈에 딸아이에게 반해버렸다.

분만 후 녹초가 된 엄마가 잠이 든 사이 미건 캐서린과 나는 부녀간의 유대감을 쌓아갔다. 미건은 얼굴을 내 턱 밑에 묻은 채 내 어깨에 기대어 잠이 들었다. 이 세상에서 맞은 첫날 밤을 우리는 커다란 소파에서 함께 잤다. 거의 12년이 지난 지금도 미건은 내 어깨에 머리를 대고 얼굴은 내 목을 파고든다. 그리고 나는 아직도 딸아이에게 해로운 일이 생길까 봐 꼬옥 끌어안게 된다.

미건과 나는 오랜 기간 함께 보낸 특별한 시간들이 많다. 아빠와 딸의 데이트도 했고 여행도 함께 갔다. 새로운 물건을 찾아내기도 하고 가끔씩은 서로를 위해 감동적인 이벤트도 벌였다. 우리는 때때로 마루 바닥에 앉아서 '미건의 상자'에 들어있는 내용물들을 함께 들춰보기도 한다. 마분지로 만든 그 상자 속에는 사진들과 딸아이가 그린 그림, 기념품, 서로에게 보낸 쪽지 편지들로 가득 차 있다. 그 속에는 우리의 친밀한 관계를 증명해주는 물건들이 들어있다. 아이 엄마와 나는 몇 년 전에 이혼했다. 그후로 미건은 반만 내 차지다. 딸아이가 엄마와 지내는 몇 주 동안은 그 상자를 더 자주 찾게 된다. 나는 상자 속의 기억들을 모아 어떤 형태로든 묶어서 미건에게 주고 싶다는 생각을 오랫동안 해왔다. 우리가 함께 지내지 않을 때도 내가 딸을 생각하며 사랑하고 있다는 사실을 확인시켜주고 싶어서였다.

딸아이와의 관계가 변함없이 유지되지는 않으리라는 것을 나는 처음부터 알고 있었다. 언젠가는 친구들에게 더 많은 관심을 쏟느라 나에 대한 사랑은 줄어들고 나와 함께 노는 것이 재미가 없어질 것이다. 심지어 나를 부끄럽게 생각할 수도 있다. 주위에서도 그렇게들 말했다. 그런데 드디어 그런 시기가 왔다. 이제 딸아이를 학교에 데려다줄 때 집을 나서기 전에 미리 작별 키스를 한다. 그것도 입술에는 절대 하지 않는다. 차가 학교 가까이 진입하는 순간 나는 얼른 음악을 끄고 양손을 핸들에 올린 채 똑바로 앞만 바라보고 있어야 한다. 다른 부모들을 보면 손을 흔드는 정도는 괜찮지만 그것도 그 사람들이 먼저 손을 흔들어주는 경우에 한해서다. "사랑한다."라고 말하고 싶을 땐 거의 속삭이듯 말해야 한다. 그것도 자동차 문이 열려 있을 때는 절대 안 된다. 나는 가끔 위안을 얻고 싶을 때 미건의 상자를 찾는다.

처음 이 책을 시작할 때 나는 뭔가 다른 종류의 처세 책을 만들고 싶었다. 딸들이 아빠로부터 무엇을 원하는지 알려주기 위해 딸이 아빠에게 사주고 싶은 책. 나는 딸아이와 내가 함께 했던 일들을 생각해보았다. 우리 아버지가 내 여형제들과 어떤 종류의 경험을 함께했는지, 또 삼촌들과 사촌들의 관계는 어땠는지도 떠올려보았다. 그런데 영감을 주는 잠언집으로 방향을 바꾼 것은 미건의 아이디어였다. 그러고 난 다음 모든 것을 써내려갔다. 책의 내용을 처음 읽을 때는 단순히 딸이 아빠에게 해주기를 바라는 것들을 나열한 책이었다. (내가 처음 계획했던 그대로였다.) 두 번째로 읽을 때는 내가 딸아이를 위해서 해주고 싶은 것들을 나열해놓은 것이었고, 세 번째 때는 미건에게 변화는 좋지만 결코 나보다 더 어른이 되지는 말라고 말하고 있는 내 자신의 모습을 책 속에서 발견했다. 그리고 네 번째 읽을 때는 내가 미건의 상자를 끌어안고 놓지 못하고 있다는 사실을 깨닫게 되었다.

내용이 마음에 들자 나는 사진작가를 찾아나섰다. 이 책을 시작할 때만 해도 나는 재닛 랭포드가 누군지 몰랐다. 신문에 난 미술대학 관련기사에 그녀가 실린 것을 보고 말 그대로 아무 생각 없이 그녀를 선택했다. 재닛에게 내 원고를 보내주면서 함께 작업을 해볼 의향이 있는지 물었다. 어느 날 오후, 우리는 일에 관한 이야기를 나누려고 만났다. 그날 만남에서 재닛은 자신의 개인적인 이야기도 들려주었다. 어려서부터 편부 손에 자랐던 그녀는 내 원고의 많은 부분에서 자신과 아버지의 모습을 볼 수 있었다며 내 이야기에 공감했다. 그 순간 나는 우리가 이 책을 함께 완성할 수 있겠다는 생각이 들었다. 사진을 통해 내가 전달하고 싶은 메시지가 무엇인지 재닛에게 말해줄 필요가 없었다. 그녀 자신이 이미 알고 있었으니까. 아니, 나보다 더 잘 알고 있었는지도 모른다.

재닛과 나는 이 책을 통해 처음 아빠가 된 사람들뿐 아니라 딸을 키워 본 경험이 있는 아빠들도 딸들의 삶 속에서 아버지가 맡아야 할 만만치 않은 역할을 터득할 수 있는 영감을 얻기 바란다. 딸에게 사랑을 베풀며 고이 길러주고 딸들이 원하는 것을 들어주며 마음으로 주고받을 수 있는 가슴 훈훈한 추억들을 간직할 수 있기를 바란다. 이 책을 통해 나는 내 딸에게 이 세상 그 무엇과도 바꿀 수 없는 너무나 소중한 존재라는 사실을 알려줄 것이다. 또 내가 항상 그 아이의 삶 속에 함께하는 기쁨과 영광을 누릴 수 있을 것이라고 내 자신을 달래며 위안을 얻을 것이다. 내 딸 미건 캐서린, 사랑한다.

딸에게 아빠가 필요한 100가지 이유

그레고리 E. 랭 글 | 재닛 랭포드 모란 사진
이혜경 옮김

초판 1쇄 발행 2004년 1월 5일
초판 6쇄 발행 2007년 6월 28일

펴낸이 · 한 순 이희섭
펴낸곳 · 나무생각
편집 · 김현정 이은주
디자인 · 노은주 임덕란
마케팅 · 나성원
경영지원 · 손재형 김선영
출판등록 · 1998년 4월 14일 제13-529호

주소 · 서울특별시 마포구 서교동 475-39
전화 · (대)334-3339, (편)334-3308, (영)334-3316
팩스 · 334-3318
이메일 · tree3339@hanmail.net namu@namubook.co.kr
홈페이지 · www.namubook.co.kr

값은 뒤표지에 있습니다.
ISBN 89-88344-75-8 03840

잘못된 책은 바꿔 드립니다.

나무생각이 발행하는 '패밀리북' 은 특허청 상표등록 출원 중입니다.
(출원번호 40-2004-0000534)

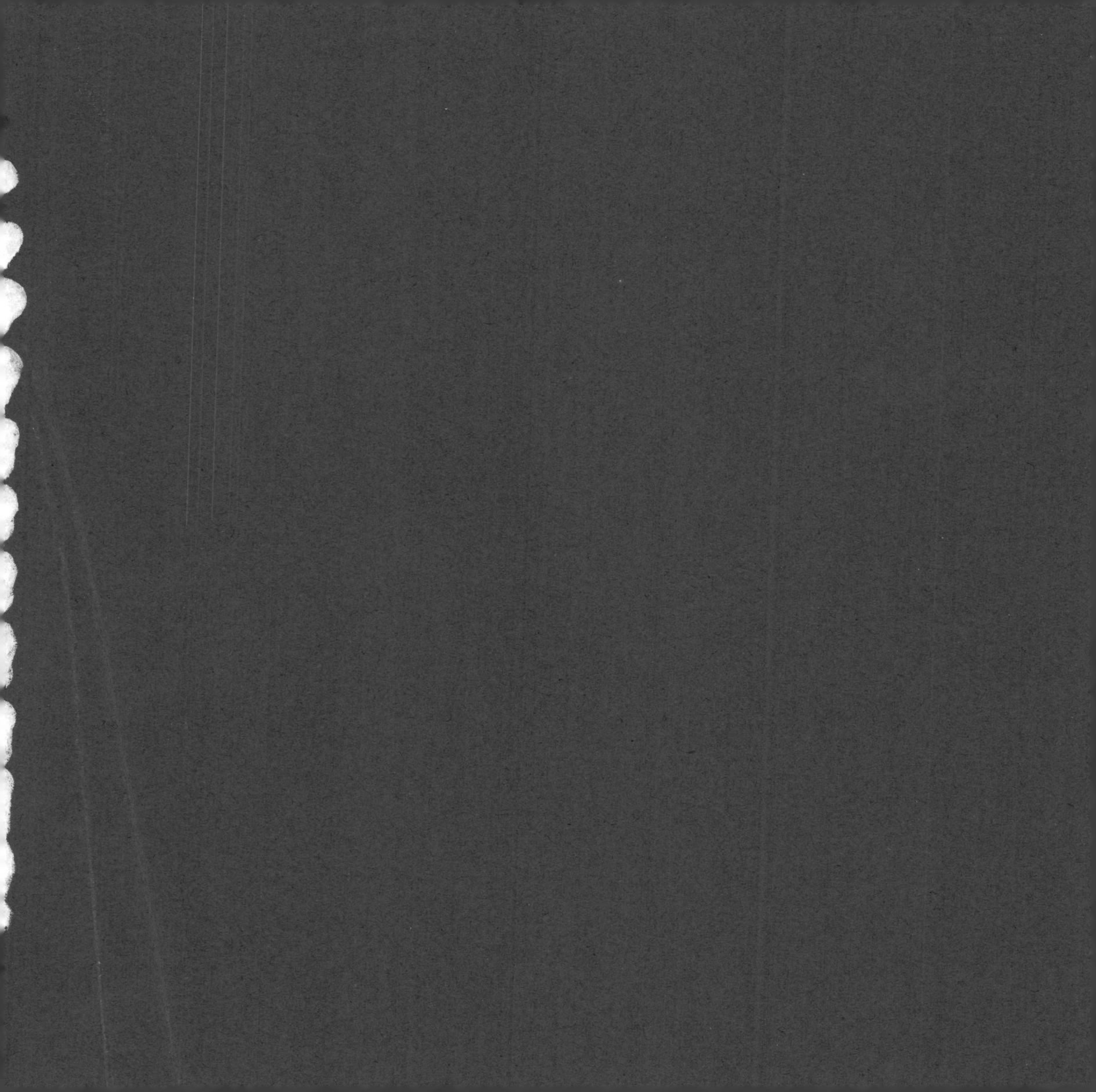